La peau de chagrin

FichesdeLecture.com

La peau de chagrin (Fiche de lecture)

I. INTRODUCTION

La Peau de Chagrin est un roman écrit par Honoré de Balzac (1799-1850). Il paraît pour la première fois en 1831, dans les *Romans et contes philosophiques*, puis en 1834 dans les *Etudes philosophiques*. Le texte a beaucoup circulé, puisqu'il a été pré-publié dans la presse, à l'image de la *Revue des Deux-Mondes* et *la Revue de Paris*.

Ce roman s'apparente en fait à un conte philosophique et fantastique qui renouvelle l'idée d'un pacte avec le diable, thème classique s'il en est.

II. RÉSUMÉ DE L'ŒUVRE

Première partie : « Le Talisman »

Cette partie s'ouvre sur une construction qui rappelle l'intrigue du « Dernier Napoléon ». Nous sommes en fin de journée, en octobre 1830, et un jeune homme nommé Raphaël de Valentin est sur le point de se suicider en se jetant dans la Seine, après avoir perdu au jeu sa dernière pièce d'or. Mais il préfère attendre que la nuit tombe ; en attendant, donc, il entre dans une boutique assez curieuse, pleine d'antiquités et d'objets venant de plusieurs endroits du monde. Le vieil homme qui tient la boutique lui montre un morceau de peau de chagrin qui est accroché sur un mur et lui annonce qu'elle peut réaliser ses désirs, tout en se contractant un peu plus à chaque vœu exaucé. Toutefois, il met en garde Raphaël : la peau est aussi un symbole de son existence, et en se resserrant toujours plus, constitue un véritable pacte avec le Diable, puisque son propriétaire perd à chaque fois un morceau de sa vie. Mais le héros ne l'écoute pas, et part avec la peau de chagrin.

Immédiatement, il fait le vœu d'un banquet royal, et tombe sur plusieurs de ses amis en sortant du magasin. Tous vont dîner ensemble et le repas tourne à l'orgie (il y a même des courtisanes présentes), comme il l'avait souhaité. Ses amis l'ont en fait emmené chez un banquier, dans son hôtel particulier. Ce dernier doit créer un journal adapté à l'après-Juillet 1830.

Un peu plus tard dans la soirée, avec l'aide de l'alcool, les langues se délient, et Raphaël explique à son ami Émile Blondet les causes de son mal-être. Il lui raconte donc son existence.

Seconde partie : « la Femme sans cœur »

Cette partie constitue un flashback dans les souvenirs de Raphaël de Valentin. Il entame son récit en narrant à Émile son enfance pauvre, sa scolarité, sa famille... Sa mère est morte précocement, son père était impitoyable et exigeant, et finit par mourir de tristesse.

Raphaël décide donc de se consacrer à l'écriture. Il s'installe dans une petite chambre parisienne en 1826, et vit dans une pauvreté certaine en compagnie d'une vieille propriétaire et de sa fille Pauline Gaudin, tout en se consacrant à l'écriture de la « Théorie de la volonté ».

Un homme le prend sous son aile : il s'agit d'Eugène de Rastignac, qui le pousse à s'inclure dans la haute société et l'éloigne de son travail, persuadé que ce n'est pas pour lui le meilleur moyen de réussir dans la vie. Raphaël rencontre alors la comtesse Foedora, dont il tombe amoureux. Mais cette dernière est solitaire et mystérieuse, et les sentiments du héros restent voués à l'échec. Frustré et triste, Raphaël se réfugie dans la débauche et s'endette chaque jour un peu plus.

Raphaël arrête alors de raconter son histoire et fait un vœu à la peau de chagrin : il veut obtenir beaucoup d'argent. C'est chose faite dès le jour suivant, puisqu'il touche un héritage... comme annoncé, la peau se rétrécit...

Troisième partie : « L'Agonie »

Nous faisons un bond dans le temps : Raphaël est désormais un homme riche. Mais sa situation est due à de nombreux souhaits formulés auprès de la peau de chagrin, ce qui fait que cette dernière, comme l'existence de son propriétaire, a rétréci et est fragile...

Le protagoniste craint désormais de ressentir le moindre désir, car il a peur que cela mette fin à sa vie. L'ensemble de sa demeure (un hôtel particulier Rue de Varennes) est donc organisé de telle manière qu'il ne puisse plus rien désirer. Son intendant Jonathas gère les repas, les vêtements et l'absence de visites avec une stricte régularité. Mais un jour, il accepte de voir un ancien de ses professeurs, Porriquet ; en voulant l'aider, il a une fois de plus recours à la peau, qui rétrécit un peu plus…

Le soir, il se rend au théâtre des Italiens : là il croise Foedora, puis… Pauline, qui est devenue une femme riche et lui donne rendez-vous le lendemain à l'hôtel de Saint-Quentin. Leur rencontre lui apprend qu'elle est devenue marquise. Ils s'avouent leurs sentiments et font des projets de mariage. Un vœu supplémentaire qui fait se rétrécir encore la peau de chagrin. Raphaël la jette dans un puits, mais le jardinier la récupère et lui rapporte au début de 1831. Elle est si petite que paniqué, le héros consulte des spécialistes, en vain, elle résiste à tous les traitements qu'on teste sur elle.

Raphaël décide de se réfugier à Aix-les-Bains, puis au Mont-Dore, pour soigner sa santé fragile et vivre quelque peu reclus. Puis il rentre à Paris. Là, il avoue tout à Pauline sur le secret de la peau ; mais le désir le prend d'avoir celle qu'il aime pour lui tout seul, ce qu'elle comprend. Mais céder à ce désir risque de lui faire perdre la vie : Pauline essaie de s'étrangler pour le sauver, mais il se jette sur elle et meurt en lui mordant le sein.

Épilogue

On nous apprend que Pauline représente l'inspiration poétique, tandis que Foedora incarne « La Société ».

III. PRÉSENTATION DES PERSONNAGES

Raphaël de Valentin

Personnage principal de l'histoire, il nous est présenté comme cela est souvent le cas chez Balzac : d'abord sous des traits assez anonymes et génériques, puis l'auteur le dote d'une histoire beaucoup plus précise.

On a beaucoup souligné l'inspiration autobiographique du personnage : l'ambition, les rêves, l'avenir, le goût pour l'écriture, la jeunesse à la fois perdue et ambitieuse...

Raphaël paraît, dans une certaine mesure, presque destiné à sa propre perte, comme s'il était porteur depuis le départ de désirs le condamnant. Son goût de la jouissance en fait un jeune personnage très balzacien. Physiquement, il nous est présenté sous les traits d'une sorte de dandy romantique, mince au teint pâle, coquet, le regard conquérant, à la fois torturé et gracieux...

Mais son angoisse grandissante, notamment rue de Varennes, le transforme en « jeune vieillard ». Il est métamorphosé...

Raphaël est un homme d'excès, d'abus, puisqu'il est capable de vivre dans une grande pauvreté (l'austérité s'exprime notamment par sa manière de gérer son très maigre budget) et discipline, comme d'évoluer dans un monde d'opulence où rien ne semble pouvoir lui résister.

Foedora

Elle est l'incarnation allégorique de la Société ; froide, fausse et égoïste (voire avare), ingrate et dédaigneuse. Mais Foedora est dotée d'une grande beauté et enveloppée d'une aura de mystère qui va faire tomber Raphaël amoureux d'elle (et pas seulement lui). Elle représente donc aussi, avant l'heure, la femme fatale.

Foedora n'apparaît dans aucun autre roman de la *Comédie humaine*. Sur la question de l'inspiration d'un tel personnage, Balzac écrira à Madame Hanska la chose suivante : « Vous voulez savoir si j'ai rencontré Fœdora ? (...) J'en suis à la soixante-douzième femme qui a l'impertinence de s'y reconnaître ».

Rastignac

Eugène-Louis de Rastignac apparaît dans ce roman, mais sera repris dans d'autres œuvres de Balzac. On apprend qu'il est né en 1799 et que c'est lui qui présente Raphaël à Foedora lorsqu'il l'introduit dans la haute société. On le retrouve dans le *Père Goriot* en 1834, mais aussi dans d'autres écrits de la *Comédie humaine* (*la cousine Bette*, *Splendeur et misère des courtisanes*, etc.).

Le personnage, dans ce roman, a quelque chose de profondément vicieux en lui. En tout cas, c'est un jeune homme ambitieux, très sûr de lui, arriviste car prêt à tout pour parvenir à ses objectifs.

Taillefer

Banquier de son état, Frédéric Taillefer organise le premier dîner orgiaque auquel le lecteur est « convié » (en tant que lecteur, entendons-nous bien). Ce personnage apparaît dans plusieurs romans de Balzac ; il est d'ailleurs le meurtrier de l'*Auberge rouge*, et millionnaire dans le *Père Goriot*.

Pauline Gaudin de Witschnau

Pauline est le double négatif de Foedora. Contrairement à la plupart des personnages balzaciens, elle n'existe que dans ce roman. Pauline est la fille de Madame Gaudin. Elle est douce, fidèle, droite et vivante, même lorsqu'elle atteint un plus haut rang dans la société. Sur de nombreux plans, elle s'apparente à un personnage de contes de fées, magnifiée par sa transformation finale.

Malgré ses qualités (ou à cause d'elles ?), Pauline est un personnage beaucoup moins complexe que Foedora.

L'Antiquaire

Il porte en quelque sorte le masque de Janus, puisqu'il tente Raphaël tout en essayant de le détourner de l'objet convoité : « Le cercle de vos jours, figuré par cette Peau, se resserrera suivant la force et le nombre de vos souhaits, depuis le plus léger jusqu'au plus exorbitant ».

Il est décrit ainsi : « une belle image du Père Eternel ou le masque rieur du Méphistophélès ».

IV. AXES DE LECTURE

Désir contre sagesse : la liberté humaine

« Si tu me possèdes, tu posséderas tout. Mais ta vie m'appartiendra. Dieu l'a voulu ainsi. Désire, et tes désirs seront accomplis. Mais règle tes souhaits sur ta vie. Elle est là. À chaque vouloir je décroîtrai comme tes jours. Me veux-tu ? Prends. Dieu t'exaucera. Soit ! » : l'avertissement lié à la peau de chagrin est en fait illusoire. En effet, au final, l'homme balzacien, à travers Raphaël en particulier, apparaît comme marqué par une fatalité qui le prive en partie de son libre-arbitre, malgré les apparences.

Pour comprendre cela, il est important de revenir à l'intervention de l'Antiquaire, qui introduit dans l'œuvre le thème du « VOULOIR, POUVOIR, SAVOIR ». Pour lui, il s'agit du plus « grand secret de l'existence humaine », qui se trouve résumé dans ces trois termes. Selon lui, la volonté nous consume, le pouvoir nous détruit, et la connaissance nous apaise. L'ensemble de ces concepts forme le socle philosophique sur lequel se construit l'ensemble du roman.

Lorsqu'il met en garde Valentin, le marchand insiste sur l'idée suivante : la voie la plus sage à emprunter n'est pas celle de l'exercice du pouvoir, ou de la recherche de puissance et d'excès, mais bien celle du développement spirituel. Or Valentin ne le comprend pas, et veut absolument vivre dans l'excès, de manière intense. Ce n'est qu'à la fin du roman, privé de ses forces et de sa santé, que le héros comprend l'acharnement du sort et de son propre aveuglement : il avoue alors que ce n'est pas le fait de posséder le pouvoir qui fait que l'on dispose de la sagesse de l'utiliser correctement...

On le comprend avec le recul, l'avertissement du marchand est en fait une proposition d'alternative : la sagesse contre le désir destructeur. Dans cette perspective, il est intéressant de voir que le personnage de Foedora prend alors une nouvelle dimension, car bien que suscitant le désir et consumant le cœur des hommes, elle-même ne cède jamais à ses pulsions.

Mais le roman va plus loin, et Balzac reviendra d'ailleurs donner des explications sur ce point : il développe l'idée pessimiste que la liberté humaine se résume surtout à un choix entre la mort et l'inertie destructrice. Le libre arbitre ne serait donc qu'une illusion pétrie de contradictions.

Utilisation du fantastique

Le roman comporte une dimension fantastique, dans la mesure où l'histoire gravite autour de cet objet mystérieux, ce talisman qu'est la « peau de chagrin ». De même, des forces surnaturelles et obscures viennent en permanence amplifier les hésitations du héros. Balzac préférait qualifier son roman d'œuvre philosophique mais, pour autant, la base fantastique est bel et bien présente.

La force de l'écrivain est d'avoir compris que l'introduction d'un élément magique dans un cadre « normal » devait s'accompagner d'une vraisemblance, ne pas apparaître comme une illusion ou un mensonge aux yeux du lecteur.

Pour cela, Balzac s'est efforcé d'ancrer au maximum tous les autres éléments de son histoire dans le réel, afin de mieux « porter » l'objet, développer son authenticité :

- les personnages ne sont pas des figures de conte. Ils peuvent être bons, mauvais, ambigus, mais dans tous les cas ils sont très proches de la réalité
- les lieux font véritablement référence à Paris, avec la boutique du Quai Voltaire par exemple
- le contexte politique, qui est abordé dès la question du journal de Taillefer, est bien celui de l'époque
- la chronologie est respectée...

Tous ces éléments servent à rendre crédible l'ensemble de l'œuvre. Une fois cette base fantastique acceptée par le lecteur, l'écrivain peut l'utiliser comme cadre pour le développement de sa réflexion philosophique, mais pas seulement ; la visée est multiple :

- portrait social et historique d'une époque
- réflexion philosophique sur la liberté humaine

De plus, pour le lecteur moderne, ce roman n'est pas sans rappeler les rouages du *Portrait de Dorian Gray*, autre tentation de pacte diabolique...

Dans la même collection en numérique

Escadrille 80

Inconnu à cette adresse

La controverse de Valladolid

Les Vilains petits canards

Une partie de campagne

Cahier d'un retour au pays natal

Dora Bruder

L'Enfant et la rivière

Moderato Cantabile

Alice au pays des merveilles

Le faucon déniché

Une vie

Chronique des Indiens Guayaki

Je voudrais que quelqu'un m'attende quelque part

La nuit de Valognes

Œdipe

Disparition Programmée

Education européenne

L'auberge rouge

L'Illiade

Le voyage de Monsieur Perrichon

Lucrèce Borgia

Paul et Virginie

Ursule Mirouët

Discours sur les fondements de l'inégalité

L'adversaire

La petite Fadette

La prochaine fois

Le blé en herbe

Le Mystère de la Chambre Jaune

Les Hauts des Hurlevent

Les perses

Mondo et autres histoires

Vingt mille lieues sous les mers

99 francs

Arria Marcella

Chante Luna

Emile, ou de l'éducation
Histoires extraordinaires
L'homme invisible
La bibliothécaire
La cicatrice
La croix des pauvres
La fille du capitaine
Le Crime de l'Orient-Express
Le Faucon malté
Le hussard sur le toit
Le Livre dont vous êtes la victime
Les cinq écus de Bretagne
No pasarán, le jeu
Quand j'avais cinq ans je m'ai tué
Si tu veux être mon amie
Tristan et Iseult
Une bouteille dans la mer de Gaza
Cent ans de solitude
Contes à l'envers
Contes et nouvelles en vers
Dalva
Jean de Florette
L'homme qui voulait être heureux
L'île mystérieuse
La Dame aux camélias
La petite sirène
La planète des singes
La Religieuse
1984 A l'Ouest rien de nouveau
Aliocha
Andromaque
Au bonheur des dames
Bel ami
Bérénice
Caligula
Cannibale
Carmen

Chronique d'une mort annoncée
Contes des frères Grimm
Cyrano de Bergerac
Des souris et des hommes
Deux ans de vacances
Dom Juan
Electre
En attendant Godot
Enfance
Eugénie Grandet
Fahrenheit 451
Fin de partie
Frankenstein
Gargantua
Germinal
Hamlet
Horace
Huis Clos
Jacques le fataliste
Jane Eyre
Knock
L'homme qui rit
La Bête humaine
La Cantatrice Chauve
La chartreuse de Parme
La cousine Bette
La Curée
La Farce de Maitre Pathelin
La ferme des animaux
La guerre de Troie n'aura pas lieu
La leçon
La Machine Infernale
La métamorphose
La mort du roi Tsongor
La nuit des temps
La nuit du renard
La Parure

La peau de chagrin

La Petite Fille de Monsieur Linh

La Photo qui tue

La Plage d'Ostende

La princesse de Clèves

La promesse de l'aube

La Vénus d'Ille

La vie devant soi

L'alchimiste

L'Amant

L'Ami retrouvé

L'appel de la forêt

L'assassin habite au 21

L'assommoir

L'attentat

L'attrape-coeurs

Le Bal

Le Barbier de Séville

Le Bourgeois Gentilhomme

Le Capitaine Fracasse

Le chat noir

Le chien des Baskerville

Le Cid

Le Colonel Chabert

Le Comte de Monte-Cristo

Le dernier jour d'un condamné

Le diable au corps

Le Grand Meaulnes

Le Grand Troupeau

Le Horla

Le jeu de l'amour et du hasard

Le Joueur d'échecs

Le Lion

Le liseur

Le malade imaginaire

Le Mariage de Figaro

Le meilleur des mondes

Le Monde comme il va

Le Parfum

Le Passeur

Le Petit Prince

Le pianiste

Le Prince

Le Roman de la momie

Le Roman de Renart

Le Rouge et le Noir

Le Soleil des Scortas

Le Tartuffe

Le vieux qui lisait des romans d'amour

L'Ecole des Femmes

L'Ecume Des Jours

Les Bonnes

Les Caprices de Marianne

Les cerfs-volants de Kaboul

Les contes de la Bécasse

Les dix petits nègres

Les femmes savantes

Les fourberies de Scapin

Les Justes

Les Lettres Persanes

Les liaisons dangereuses

Les Métamorphoses

Les Mouches

Les Trois mousquetaires

L'étrange cas du Dr Jekyll et de Mr Hyde

L'Ile Au Trésor

L'île des esclaves

L'illusion comique

L'Ingénu

L'Odyssée

L'Ombre du vent

Lorenzaccio

Madame Bovary

Manon Lescaut

Micromégas

Mon ami Frédéric

Mon bel oranger

Nana

Ne tirez pas sur l'oiseau moqueur

Notre-Dame de Paris

Oliver twist

On ne badine pas avec l'amour

Oscar et la dame rose

Pantagruel

Le Misanthrope

Perceval ou le conte du Graal

Phèdre

Ravage

Roméo et Juliette

Ruy Blas

Sa Majesté des Mouches

Si c'est un homme

Stupeur et tremblements

Supplément au voyage de Bougainville

Tanguy

Thérèse Desqueyroux

Thérèse Raquin

Ubu Roi

Un Barrage contre le Pacifique

Un long dimanche de fiançailles

Un secret

Vendredi ou la vie sauvage

Vipère au poing

Voyage au bout de la nuit

Voyage au centre de la terre

Yvain ou le Chevalier au lion

Zadig

À propos de la collection

La série FichesdeLecture.com offre des contenus éducatifs aux étudiants et aux professeurs tels que : des résumés, des analyses littéraires, des questionnaires et des commentaires sur la littérature moderne et classique. Nos documents sont prévus comme des compléments à la lecture des oeuvres originales et aide les étudiants à comprendre la littérature.

Fondé en 2001, notre site FichesdeLectures.com s'est développé très rapidement et propose désormais plus de 2500 documents directement téléchargeables en ligne, devenant ainsi le premier site d'analyses littéraires en ligne de langue française.

FichesdeLecture est partenaire du Ministère de l'Education du Luxembourg depuis 2009.

Plus d'informations sur www.fichesdelecture.com

Notes :